The Lion Who Saw Himself in the Water
by Idries Shah

El León que se Vio en el Agua
escrito por Idries Shah

HOOPOE BOOKS
BOSTON

Now, once upon a time there was a lion and his name was Share the Lion. And he was king of all the animals in the jungle.

He had a lovely golden mane on his head, all furry — just like hair, only furry and golden. And he had a lovely golden coat. He used to go about and say "Grrrrrrrrrrrrrr" because that's how lions talk.

Bueno, había una vez un león que se llamaba Share el León. Y él era el rey de todos los animales de la selva.

Tenía en su cabeza una preciosa melena dorada, muy peluda — como si fuera cabello, pero era peluda y dorada. Y tenía un precioso abrigo dorado. El león solía pasearse diciendo "Grrrrrrrrrrrrrr" porque así es como hablan los leones.

But not all the animals knew that he talked like that. And some of them, when they heard him say "Grrrrrrrrrrrrr," were a little frightened, and they ran away.

Pero no todos los animales sabían que él hablaba así. Y algunos de ellos cuando le oían decir "Grrrrrrrrrrrrr", sentían un poco de miedo y se echaban a correr.

And soon, because they saw some of their animal friends running, all the animals got a bit frightened, and they all started to run away.

Y al poco tiempo, como los demás animales vieron a algunos de sus amigos correr, todos ellos se asustaron y también empezaron a correr.

Now, Share the Lion thought, "That's funny! Why is everybody running away from me?" So he shouted, "Grr-grrr?" which, in lion-talk, means "Why are you running away?"

Ahora bien, Share el León pensó, "¡Qué extraño! ¿Por qué todos corren y se alejan de mí?" Entonces gritó muy fuerte, "¿Grr-grrr?" que, en el idioma de los leones significa "¿Por qué se echan a correr?"

Well, as we know, the other animals didn't understand lion-talk, and since he was by this time shouting very loudly, they all said, "Share the Lion, King of the Jungle, must be very, very angry with us now!" And so they ran even faster.

Bueno, como nosotros sabemos, los otros animales no entendían el idioma de los leones, y como para entonces el león estaba gritando muy fuerte, todos decían, "¡Share el León, El Rey de la Selva, debe estar muy, muy enojado con nosotros ahora!" Y empezaron a correr aún más rápido.

Of course, Share wasn't angry at all. He just wanted to know why they were all running away.

Then he thought, "Well, they are a silly lot of animals! I won't take any notice of them. I'm thirsty. I think I'll go and have a drink of water from a pool."

Pero claro, Share no estaba enojado para nada. Sólo quería saber por qué todos estaban huyendo de él.

Entonces Share pensó, "¡Bueno, pues es un grupo de animales bobos! No les voy a hacer caso. Tengo sed. Creo que iré a tomar un traguito de agua en algún estanque."

And he looked all over the place until he found some water.

Y buscó por todos lados
hasta que encontró agua.

Deep in the jungle there was a pool of water, and it was smooth and clear and shining just like a mirror.

Share the Lion was now quite thirsty and, as he went near to it, he said to himself, "Grrrrrrr! I want a drink of waterrrr-grrr." That's how lions talk.

En el corazón de la selva había un estanque de agua, y el agua estaba tranquila y clara y brillaba como un espejo.

Share el León ya tenía mucha sed, y cuando se acercó al agua, se dijo a sí mismo "¡Grrrrrrrr! Quiero un trago de agua-grrrrrrrr." Así es como hablan los leones.

But as he leaned towards the water, which was shining like a mirror, he looked in and saw his own face reflected on the surface.

Pero cuando se estaba agachando a tomar del agua que brillaba como un espejo, vio su propia cara reflejada en la superficie del agua.

Well, he had never seen his reflection in the water before, so he thought there was another lion in the pool of water, who was looking back at him.

And he was too afraid of this other lion to drink anything at all!

Wasn't he a funny lion?

"Oh, dear me!" he said to himself. "That's another lion, and he wants to stop me drinking his water." And then he said, "Grrrrrr!" to the other lion, which, in lion-talk, means "I want some water too!"

Bueno, como nunca antes había visto su reflejo en la agua, entonces pensó que había otro león en el estanque, el cual lo estaba mirando.

Y sintió tanto miedo del león que veía en el agua que no se atrevía a tomar ni un traguito.

¿Verdad que era un león muy extraño?

"¡Pobre de mí!" dijo Share. "El otro león que está allí no me deja tomar un traguito de su agua." Y después le rugió ¡Grrrrrrr!" al otro león, lo que, en el idioma de los leones, significa "¡Yo también quiero agua!"

And then the other animals, who were now thirsty, came to drink water from the shining pool, and they saw Share the Lion and said, "What are you doing looking into the water and going 'Grr-grr' and not having a drink?"

Share the Lion sighed and said, "I can't have a drink of water because there is another lion in there, and he keeps saying 'Grr-grr' to me."

Some of the animals began to laugh a little when they heard him say this because they knew that it was his reflection in the water.

But Share the Lion didn't.

Entonces los otros animales, que ya también tenían sed, llegaron al estanque reluciente, y vieron a Share el León y dijeron, "¿Por qué estás mirando el agua y rugiendo en vez de tomar un traguito?"

Share el León suspiró y dijo, "No puedo tomar un traguito de agua porque ahí hay otro león, y me está rugiendo."

Algunos de los animales se empezaron a reír un poco cuando le oyeron decir eso porque sabían que era su propio reflejo lo que Share veía en el agua.

Pero Share el León no sabía.

And then a beautiful butterfly flew very close to the Lion's ear and said in her tiny little voice, "Don't be silly, Share the Lion. There's nobody in the water!"

But Share the Lion said, "Of course there's somebody in the water. I can see him!"

Entonces una bella mariposa voló muy cerca de la oreja del León y le dijo con su pequeña vocecita, "¡No seas bobo, Share el León. ¡No hay nadie en el agua!"

Pero Share el León dijo, "¡Claro que hay alguien en el agua. Yo lo puedo ver!"

And everybody just stopped and waited to see what would happen.

Y todos se detuvieron para ver qué era lo que iba a pasar.

And Share the Lion, King of the Jungle, got thirstier and thirstier and thirstier and thirstier, and in the end he said, "I don't care. I've got to have water. I am terribly thirsty. I don't care about that lion in there, or how fierce he is!"

And he put his head into the water, and when he did, he felt the lovely cool water in his mouth and began to drink. As he drank, he saw that the other lion had disappeared. Of course, it had disappeared because it was never really there at all. It was just his own reflection in the water.

Y Share el León, El Rey de la Selva, cada vez tenía más y más y más sed, y finalmente dijo, "No me importa. Tengo que tomar agua. Tengo muchísima sed. ¡No me importa que ese león esté adentro ni qué tan feroz sea!"

Y metió su cabeza en el agua, y al hacerlo sintió el agua muy fresca y empezó a beber. Mientras bebía, se dio cuenta de que el otro león había desaparecido. Claro que había desaparecido porque en realidad nunca había estado ahí. Era solamente su propio reflejo en el agua.

And when he took his head out of the water and saw all the animals standing there, he said, "Well, at last I've learned that a reflection is not the same as the real thing!"

Y cuando sacó su cabeza del agua y vio a todos los animales parados ahí, dijo, "¡Bueno, pues al fin he aprendido que un reflejo no es lo mismo que la realidad!"

And so, everybody lived happily ever after.

Y a partir de ese día, todos vivieron
muy felices para siempre.